Liten katt-bok för vuxna

"...vår finaste stund"

- 23 månader med äldre katt: kåserier på rim och vers med mycket värme och glädje, dråpliga situationer, men även allvar, saknad och sorg.

Minnesanteckningar av vännen
Christer Jonsson

Förlag: BoD – Books on Demand, Stockholm, Sverige
Tryck: BoD – Books on Demand, Norderstedt, Tyskland
ISBN:9 789 178 510 610

För alla nospuffar och mjölktramp...

till minne av liten vän och katt

Siri

och tack *Susana Gauvi Kling* som lät mig ha henne i
mitt hem
under 23 månader.

Älska djuren. Gud har givit dem rudiment
av tankar och ogrumlad glädje.
Stör dem inte, plåga dem inte, beröva dem
inte deras lycka, arbeta inte emot Guds planer.

Dostojevskij i Bröderna Karamasov.

Katta-log

Saknad

Vart gick Du min vän i kulen marsdag,
till ett väsen av annat slag?

Det hoppas jag i alla fall Du fann,
dock innan färden Du steg för steg mitt hjärta vann.

I denna värld av frusna känslor Du förmådde tina
och lysa upp vardagens gråa tillvaro.

Ja, att smått och gott ge lite värme åt en vilsen själ
med blott Din försynta närvaro.

Jag hoppas när livets tråd och rand
nu mellan oss har sorgligt brutits.

Du från en annan dimension
kan känna att min saknad än
ej har slutits.

Det var en gång i maj...
(som i Sjöbergs visa)

April var månaden då liten katt
kom till hemmet mitt.

Förundrat bakom möbler och i vrår,
Du försynt tog en titt.

Du helt bekväm ej var med ny sambo,
och därför höll Dig på din kant.

Fastän elva år på distans – till och från –
vi varit varandra bekant.

Denna början på *liten katt*-historia är
verkligen sant.

Strax med hopp och språng Du rummens
alla höjder hade klämt.

Och efter hand med ny miljö blivit familjär,
och därav nytt revir bestämt.

Första veckor av vår sällskap Du mig ej
vågade närma.

För att i nära samhörighet våra själar
tillsammans värma.

Med den nye sambon återstod att
komma underfund.

Ändå känslan var att Du varsamt
sökte vänskapsgrund.

Allt närmare i soffan Du dig satte med din
pälsomslutna lekamen.

Men liten kattsjäl ej var beredd för gemensam lek
och till stora kramen.

Efter första veckor Du alltjämt helst gick
bakom min rygg.

Jag förstod liten katt i nya sällskapet
ännu ej helt var trygg.

I majvecka Du mig mer nära i avstånd önskade,
med fröjd jag anade:

Kanske stunden nu äntligen kommit för att bli
närmare frände?

En solig dag med rop och klapp på madrass
ta kliv i bädd jag Dig manade.
Din tillbakadragna attityd med denna franka
inbjudan nu *äntligen* vände.

Ett avgörande beslut i vår relation Du här tog,
om att komma mig närmare ville Du ändå nog.

Med raskt och djärvt språng Du plötsligt på höjden
stod av bäddens gavel.

Med klotrunda ögon Du mig granskade och
långa svansen svänga som i ragg.

Snart därefter liten kattkropp flera gånger
tumla runt.., ja man kunde se magens navel.

På katters vis med dessa krumbukter liten vän
nu mot fortsatt motstånd hissade *vit flagg*.

För ömsesidigt förtroende Du helt kapitulerade,
och trenne veckors tvivel övergav.

Oh, vad detta tillitsbevis gjorde nyfunnen väns
sinne stämd i så glädjefullt behag.

Vänstra tassen sträcktes fram och hälsade att
hädanefter broder bli med väna klor.

Liten katt, lunkade fram med huvud böjt och
strök kroppen nära mot nyvunnen vän så stor.

Jag härav tänkte:

> *"Hmm, vad i liten kattkropp*
> *så mycket kärlek ändå bor!"*

Morgonritual

Å, du tystlåtne vän, som jag kallade liten katt,
med vemod jag minns vår ystra morgonstund.

Du frejdigt med klös på sängens sida
Du mig drog från dunkel natt.

Och från gryningens oroliga slummer
i strid med John Blund.

Nyvaket jag rasade "att med vassa klor
nu det får vara NOOG!"

Min ilskna reaktion som ett missförstånd
Du förmodligen tog.

Mitt gensvar Du betrakta som *min*
morgonritual för att hälsa God dag!

Där vår nya vänskap åter skall stärkas
i händelser och äventyr av olika slag.

Raskt på bädden Du strax därefter befann dig
med elegant språng.

Lufsade fram med svanstopp som fana sned,
men för övrigt rak och lång.

Sedan Du min blick fånga med ögon som bollen rund
och väsning svag, med fråga:

"Får jag nära Dig komma,
och tända min spinnande låga?"

Likt epistelnymf hennes begäran så vi bör förstå,
i alla fall med människans tankeförmåga.

Mitt sinnelag utan undantag då alltid veknade,
plats för liten vän jag fort i bädden så beredde.

Morgonens oro därav mot fjärran drev och
bleknade.

När Du snart din varma kropp på långa armen
tillredde.

Helst i armhålan Du ville ditt lilla huvud kila,
nu varandra nära vi slöt oändlig vapenvila.

I rogivande läte och vibrerande andningsmotorik,
morgonens ritual blev spunnen.

Och från dess susande väv gryningens sinneslugn
i alla fall för en stund blev funnen.

Att träna på pussar

Med Dig vid sidan på soffa och titt i varandras
ögonhinna.

Jag ville ytterligare ömhetsbetygelser mellan oss
finna.

Att träna på munnen puss,
skulle väl vara något nytt att vinna!

Jag därför formade min mun som en stor strut,
och tänkte Du skulle komma fram till samma beslut.

Du nog inte riktigt förstod min blöta invit,
att på läppar vrida som i människors närhetsrit.

Nej, katters käftar är nog inte riktigt skapta för
en annan arts vänskapsbevis.

Även om Du träget försökte möta mina läppar
så var det dock på katters vis.

Du mer i min munhåla förvånat titta,
att måhända där något av intresse hitta.

"Finns i gropen något att i tänder sätta,
och av detta magen fylla och mätta?

Kanske i gapet finna godare föda,
än den på burk jag äta med möda?"

Annars svårt förstå trutande läpp konstigt lagd,
sådan mening i kattens sinne ej blir klart utsagd.

Trugande puss ger liten katt huvudbry att begripa:

"Hu synes kattvän klura *börjar så när lipa,*
om människa inte på momangen käften knipa!".

Matdax på morgonen

Efter morgonritual skall låda och mat i ordning ställas,
spade i sand grävas, och lämning därefter i påse fällas.

Annat med föda åt liten vän, konserv på burk öppnas
och vatten på skål hällas.

Mat på skål och tallrik ej så väl togs emot, och därför
litet katthuvud på sne:

19

"Är denna sörja som läckerhet Du mig vill ge,
är denna gröt Du tycker jag som katt skall tillbe?"

Liten vän än en gång titta i stengodsbrun skål:

"Det här är mer än vad en liten katt tål..
.. hellre då ge mig härlig räka..
denna frukost får mig så när att kräka."

Liten katt sedan från köket traska bort,
med avmätta steg så tungsint och kort.

*

Men vänta, berättelsen är ej slut,
fastän liten katt ur rummet vandrat ut.

Efter en stund jag åter vänder,
snart jag märker att i "denna sörja".

Likafullt Du har satt små tänder,
och slukande ur skål ha påbörja.

Med liten hunger och rumsvarm mat,
för lilla katten föda trots allt i magen nu gå ner.

Då i kost och ingredienser med rätta
temperaturer.

Och därför inmundigas med god aptit
och utan vidare tjat.

Med pastisch från gammal bok nu katts humör
kan fångas i nya termer.

Och knytas till Dickens *Oliver*, och ord med
litteraturhistorisk *Twist*:

Förvandlat här till vädjan av *little cat ask for more*,
och vår lilla katt nu redo för en portion mer.

Om kattens ändrade attityd och hur hon mår,
kan vi bara säga: "Så bra, ja visst!"

Katt med klös och instinkter

På platsen där vi numera tillsammans bor,
på soffans gavel Du ofta brukar vässa Dina klor.

Då på de två bakbenen så käckt stående,
och med framtassar vilt klösande slående.

Åh, denna vandalisering frestade på mitt mående.

Trots skyddande tyg på soffans sida jag satt fast,
ändå vassa klor plädars textilier genomtränga.

I möbeln människa och katt ofta satt för vila och rast,
nu dess livstid jag bedömde ej gick att förlänga.

Likväl jag inte med arga hot och hårda slag,
ville dina instinkter inskränka och kattsjäl kränka.

Vår vänskaps tillit av våld skulle bli både vag
och svag.

Och mina egna moraliska begrepp helt
ned sänka.

Framför allt på ännu sköra vänskapsband
ej isär rycka.

Hellre då av bröder *Osmond* en rad av
vers knycka.

Och på sabotage av inredning följande tycka:

För att strof i refrängen här nedan
travestera *en masse.*

"De finns well de ä som micket very are,
än fem sylvassa klor på en ändå mjuk liten tass".

Räkafton

Ännu en höstkväll med fredagsmys med lilla katt,
ljusen var redan i låga, och tillsammans i soffan vi satt.

Nu dags för räkor att framduka och på bordet sätta,
och övriga tillbehör som majonnäs och rostat bröd tillrätta.

Färska räkor jag visste din favorit ju var,
om någon timme skulle bara skalen vara kvar.

Din smak för delikatesser var mycket kräsen,
för andra godbitar Du inte gjorde mycket väsen.

Skaldjur, lax, kyckling och någon gång oxfilé var
enda som fick Dig att tigga.

Praliner, bullar och färdiggjorda rätter fick Dig
blott att kvar i viloläge ligga.

För mänsklig vän letargin var i behag och skilt mot
andra djurs störande pockande.

Men räkor från kallt Ishav fick Ditt lilla huvud
att bli så trugande och så bockande.

Och för Ditt sparsmakade tycke så lockande.

*

Liten katt med tass och vassa klor försökte i smyg
en räka fånga.

Där de i Iittalaskål av kristall staplade på varandra
ännu var så många.

Mot detta tjuveri Dig jag varligt på söta nosen
gav en pick.

Varpå tass i fylld skål Du hejda, och steget bakåt
varsamt gick.

Men räkor i trevligt samkväm skall ju mellan vänner
syskonlikt delas.

Aktivisters tal om arters lika rätt även i skaldjursmys
ej bör felas.

Fredagskväll skall även för liten vän stämma glad i håg,
för varje räka skalad Du därför en bit av stjärten fick.

Nu blev innanmäte rättvist fördelad efter (s)kattning
av egen vikt på våg.

Till vems fördel proportioner utföll med, bör vi helt
vara klar,

och här korrekt ge svar: *ja, just för henne som så liten var..*

Efter fredagsmys med räka och vin så vitt, vi tätt i soffa
slött betitta TV-burken.

Ja, av kvällens festande man kan säga, att därefter vi
nära på var halvt i slummer.

Med titt på din blick, jag förstod en outtalad viskning
som ej var purken:

   "Hördu, bäste vän...
   ..nästa fredagsmys bjuds det väl på hummer?"

25

Bjällerklang med besvär

Julen för dörren stod, lilla vän och jag med prydnad
ville helgen bebåda.

För detta ändamål julpynt därför plockas upp ur gammal
dekorerad låda.

Som alltid hon nyfiket begrunda allahanda slag av
min pyssla.

Ja, just som en bas bruka kontrollera, hon övervaka min
idoga syssla.

Liten katt trodde nog i hemmets ordning hon var chef
för oss båda.

I kartongen liten bjällra av porslin och julmotiv
jag fann.

Med pingla med rött band jag tänkte, att min
lilla katt skulle bli så grann.

Därefter hon fotas skall och sedan exponeras
som ett julkort så sött, minsann.

Liten vän ej fann min avsikt så angenäm och trevlig,
utan i själva verket mer min plan ansåg rätt så velig.

Ja, för en katt med stark integritet på gränsen till ohelig.

Liten katts *comfort zon* antagligen jag skulle tvingas
störa.

Klockans band med tvekan jag satte runt hals och före
hennes öra.

Med vrid på litet huvud, bjällrans klang alltför nära öra
hon fick höra.

Liten väns sinne skrämd av detta skrammel liksom en
furie brann.

Hon i språng och hastigt flöde över säng, skrivbord
och fönsterbräda rann.

Med hjärta i halsens grop raskt ut ur sovrummet
försvann!

Men bjällrans ljud runt halsen ej gick att hejda
även med överljudsfart.

Hon i panik i alla rummen rusar fram, och i köket
jag fann katten snart.

Liggande på golvet till slut,
liten katt, kunde pusta ut.

Intrasslad i band och bjällra till stilla
hon kom så trött.

Liten vän, trodde bestämt hon vid julpynt
någon jävel mött.

När sinnet skenade så hett och rött.

Liten katt jag strax befriade från bjällra och band
så pinande,

.. och ångerfull omsorg gav för att inte vålla henne
än mer lidande.

*

Efter detta försök att julstämning höja med
obetänksamt spratt.

Vi sedan gick till vila, liten katt förlåta
men nu spinna mer matt.

Ja, det rofullt och sällsamt efterspel gavs
för upprörd liten katt..

..*o*ch på radiokanal började Jussi Björling briljera
O, helga katt..

.. f´låt *natt!*

Att hävda liten katt ensam "oss frälsning och
frihet gav" vore att Helig skrift häda.

Ändock en trivsam stund båda fick ihop,
innan tillsammans granen i skrud vi kläda.

*

Ej emedan som i Everts knallande jullåt
med tanig gran doftande terpentin.

I holländerskål blå sittande katt likafullt
vårt julträd beundra "så grann och fin".

Hur liten katt ser ut

Liten vän av ädel Svensk bondkatt är katte-goriserad,
detta utan andra inslag och krusiduller friserad.

I det stora hela pälsens dräkt är delad i två kulörer:
på ovansidan grå, och nedre delen vit.

Sålunda skiftar av mellangrå ton:

svans, rygg, benens baksida och lilla huvudets överdel
med öronens markörer.

På rygg och svans urskiljs tvärgående svarta ränder
i likhet med makrillen i hav.

Må vi tro GAIS i fotboll och inte som andra katter
"gnagare" (AIK) är "lella katts" favorit. [i]

Dock mest för att fåglar av rov inte katt skall se,
och i klorna slå.

Där de som fregatter segla, dock i *egen högre* rymd.

Eller när katten själv som jägare passa på byten små,
och för andras ögon i lummig buske då är skymd.

33

Pälsen glänser *in blanco* med slående lyster om vi
ser till kroppshyddans nedre nav:

Som bringa, främre hals, nedre litet huvud
och fyra benens främre sidor vid tultande trav.

Vid okulär syn och fototitt vad gäller kattens
ben och tass får oss mest behagfullt häpna:

Är bland soffvandaliserande klor finna
sammetslena trampdynor så skära och näpna.

Långa morrhår spretar vida utsträckta
såsom hos andra kattdjur så kavat.

Att ibland dem försiktigt tvinna man ej
kan låta bli för en sådan frejdig krabat.

Svansen vid hälsning till andra varelser
alltid står rak.

I vardagens hasande liten väns tipp
dock mer är slak.

Liten katt likt en drottningmantel sveper
långa svansen runt sin bål.

Särskilt i sällskap när hon i elegant sittning
håller överblickande hov.

Svansföringen då så världsvan är och värt en
majestätisk skål.

Svansen lika stilfullt kringlindad är vid nattens
rogivande sov.

Ögonens färgskala stråla efter ljusets styrka
och i vinkel fallande strål.

I neutralt sken visar sig iris svart och ögonglob
i gulgrön nyans i sitt hål.

I allt det vita och ger henne prägel käck,
finns vid mun och nos spår av gråsvart fläck.

Liten katts utseende med detta signum
blir då så charmigt, och i vår åsyn så fräck.

Att ge katters huvudöppning namnet *käft*,
blir i detta fall alltför rått.

Då som del av kattens huvud, här för vän
som sorgligt nyss bort gått.

Rätt är denna bestialiska etikett emellertid
ur djurlärans kunskapsmått.

Om liten katts exakta längd och vikt finns
inga närmare detaljer.

Förutom skrönans beskrivning med allsköns
mätande attiraljer.

Nog får man ändå säga att när vi henne med
andra katter jämför.

Vår katt i alla fall framstår som *lite* mindre
än andra ka(tt)naljer.

En anmärkning om storlek jag ofta berör,
och berättelserna återkommande förtäljer.

Att om hennes dimension ändå vi kan tycka,
nästan bör gå åt hållet som ett vinglas diminutiv.

Tanken vi kan förledas tro av foto som omslaget
smycka:

Bild som fånga vår lilla katts nyfikenhet nästan
glasklart illustrativ.

*J*a, rentav vi kan säga här om vän på motiv:
"champagnesprudlande katt såå dekorativ"!

(*O*ch utan som i öde *curiosity*... i äventyrlig
händelse ända ett av kattens nio liv).

*I*nte vidare nagelfars här noggrant liten katts
behagliga sätt och lynne.

*M*ed emfas tror jag dessa egenskaper framgår
i skildringens anda och kynne.

Liten katts tidigare livshistoria

Som ofödd och kattunge i gammelgamla boendet

"*D*et var en gång".. en klyscha för att ge berättelsen en öppnande ram.

*M*en inte så "för länge sedan" att liten katt på annat ställe var hemtam.

*V*id seklets första år vår lilla katt ännu ej var född.

*U*tan på kattmammas gärning bero för att *bli till* var nödd.

*N*är höst begynte ena året, kattens mor till skogen springa från hemmet bort.

I oktobers dunkla sken genom fönster jag emellertid skymta en gråmelerad bekant.

*M*ed kattmamma nu tillbaks i värme och inom boningens port...

...*v*i genast förstå, att okänd hankatt henne till blivande moder gjort.

Eller i ekivok fundering jag sport,
måhända i form av amorös trekant:

"Åhå, i sådant fall en historia såå pikant!"

*

När liten katt till jord kommen och kattunge var,
hon bruka leka med sin broder så vilt:

Klättra på tygstycken upp i gardinstång hög,
för att sedan hasa ner med klorna på mjuk filt.

Som ung kisse hon ivrigt försökte fånga ett
fladdrande ljus på väggen så milt.

Tassar dock lönlöst försökte greppa ett väsen
som från kattsläktet lånat prefixet sol.

Trodde säkert hon i virrvarret – med rätta –
i såväl lek som i beskådan såg sig vara *cool*.

Liten katt flytta till mellanboende och i luften flyga

Husmor ej här bodde i plan villa,
utan på våning fyra hade sin placering.

Till lägenhet hörde stort uterum med
hög nivellering.

Ja, nästan som gjord för små katter att
härifrån ner trilla.

På balkongens räcke hon som ung katt
ofta våghalsig brukade vandra.

Ibland det hände med djärvt skutt till granne,
och där i sängen kissa.

Någon gång granne ringa på dörr,
och på vår lilla katt klandra.

Vad mer bus i stort hus hon kan ha gjort,
kan vi bara gissa.

*

Katt vid annat tillfälle från räcke råka snava
och i luften flyga ut i det fria.

I långt ögonblick hon segla som i naturfilm
från Amazonas likt en flygande hund.

Under flykten ner på mark hon förgäves
sökte att för små tassar få fastare grund.

Om liten vän fallet skulle överleva färden
i första överraskning var svårt att sia.

Därför hastigt ned i fyra trappor vi alla springa,
och tack i hela världen!

Lyckligtvis vi såg Dig på mjuk gräsmatta ha hamna,
och efter översyn en liten katt med blessyrer inga.

Självklart liten flygande vän och därefter varandra,
vi med lättnad omfamna.

*

I särbos lya och nästan dussin år till söcken och fest
vi ofta varandra mötte.

Men ej vid den här tiden råkades som nära vän,
det var så sant!

Om vi varandras anatomi under dessa år av
någon orsak sammanstötte.

Beröringen nästan alltid upplevdes av
liten skyr katt så genant.

Inte gärna Du lät Dig kela med och klappas
av tillfällig gäst.

Ej i samvaro rankad bäst, och som sällan
gav Dig någon föda.

Liten katt med yvig päls, dock matmors
hälsa gav besvärlig möda.

För katthår i isolerat rum gammal matte
nu kraftigt reagera:

Dessvärre av dessa strån hon medicin i apparat
behövde inhalera.

Därför ett svårt beslut vi måste fatta,
att i annan miljö placera liten katta.

Mot söder.. och Majorna

*T*ill nya bostället det bar iväg en regntrist
aprilkväll.

*M*en ej som Karlsson i roman med bringad
Höganäskrus...

.. *o*ch i västfickan försedd grovt Värmlandssnus.

*K*att som annars inte gjorde mycket väsen av
ljudligt gnäll.

*N*u flera gånger under färden jama till boende
i nytt hus.

*U*nder bilens flytt vår nya gäst gav prov
på detta katters milda brus.

*M*ed elementär djurkunskap applicerat
på min vän i observation *katturell:*

*a*tt katt i okänd miljö vill människas omtanke
väcka som varelse späd och snäll.

Katt vid ankomst i främmande omgivning
blev så förundrad.

Kanhända hon nu förstod att på sitt gamla hem
vara plundrad.

Liten katt vill fri som människa vara och inga fängsel bära

Med liten katt hemma jag inför utegång pröva,
att koppel sätta på hennes hals så rött och sött.

När jag över katthuvud i detta uppsåt
anknytningar öva.

Hon med sitt kroppsspråk dessa selen
så bestämt avvisa.

På tvingande försök hon fort blev hjärtligt trött,
och tycktes töva:

"Vad nu vän med detta tvång vill bevisa?"

Måhända hon tänkte på äldre tiders antislaverikämpar,
och snaror också runt *katters* hals ej så väl sig lämpar.

Liten sturskt katt jag förstod om att hennes frihet
försöka beröva.

Nu ansåg följande försvarstal jag genast bör höra
och behöva:

47

"Katter vill väl som människor fria vara,
och inga fängsel bära som hos hundars skara.

Om liten katt ej Du tror,
om eget ansvar och frihet så stor.

Utan i stället litar helt på min heder:

Ej jag löper från vän och där jag bor,
i flykt på osäker väg som bort leder.

Ej heller till ketchup mosad på gata jag vill bli..

..av farliga automobiler och velocipeder,
som så vådligt fara här kvickt förbi."

*

När vår lille vän av mycket retorik i fabel
talat sig matt:

Trots kloka ord, av eldigt prat jag trodde
nu nästan hon fått fnatt.

I stället för att ge henne förminskande attribut som
liten och satt.

Hon borde av ovan orerande mer förnämt förlänas titel
dr. Luther Katt.

Måhända som på följande bild även upphöjas
till liten katt-Madame..

.. och i prunkande eloge föräras bukett tulpaner
från staden Amsterdam.

Innekatt blir utgående katt

Förutom vådlig luftfärd liten katt under elva år,
sällan på andra sidan hemmets dörr har varit.

Nu under innevarande vår,
hon till nya boendet har farit.

Efter någon månad jag ville pröva,
om man för henne ett uteliv kan uppöva.

Liten katt vid första utegång från trappa
snart friska luften når.

Ändå på främmande mark till en början
så försiktigt framåt går.

För att rätt beskriva hennes figurs lopp:
krypa fram på marken med nedsänkt kropp.

På samma sätt trycka sig ner i jord som soldater i tropp,
vilket jag sett på tavla från ett grymt krig för hundra år.

Efter nya förhållanden inspektera och noga notera,
följer djärvare håg och steg.

Strax nyfiken katt cyklar och barnvagnar passera,
och utforska främmande saker utan att vara feg.

Efter detta cirkulerande i nytt uteliv,
liten katt ställde kurs till annan gård.

Med långa egna benens hastiga kliv,
ämnade jag henne fånga och vägvalet hindra.

Med stopp på katt jag önskade minska fara,
och för kattens sinne massiva intryck lindra.

En annan gång tid för strapatser må vara,
men nu tillbaka till hemmets trygga vård.

Med liten katt på axel, jag hoppades hon
skulle sluta kränga.

En tanke i mitt huvud av detta kom i retur:

*"kanske borde man henne om halsen
ett koppel hänga?"*

Om sådan boja jag redan berättat, och dylika
uppslag på soptipp slänga.

*

I annan vända ut på gård droppar falla från skyn,
och liten katt bli blöt och sur.

*S*kynda därför självmant hem med trummande
ben till egen grind.

*L*iten katt i tanke nog fann ur –
åh, så hon listat ut vår lilla filur!

> *"Hellre en annan dag att gå på vandringstur.*
> *Att ute vara, blir nu till mara, i alltför kyligt*
> *regn och vind".*

*E*n mörk decembermorgon liten katt lyftkranars
arbete inspektera med noggrann blick lång.

*J*a, man kunde tro att kissen med huvudets pendlingar
var publik i katternas VM i ping-pong.

*

*H*elst vill liten katt från varm och trygg fönsterplats
den yttre världen upptäcka.

*D*å liksom tjuren Ferdinand *tranquilo* såå lycklig
meditera under sin korkek trind.

*M*en stundom händer det med krafs på dörren,
hon mana till ny bravad och äventyrslusta åter väcka.

Mästerkatt i känslostämning

I soffan beskaffad i vinkel nittio grader,
jag lagt benen tillrätta på sätet så trött.

*S*ålunda ännu en kväll i långa rader,
där jag på sofflocket bokstavligt slappade.

*M*ed fjärrkontroll i hand jag planlöst och slött,
på TV-apparaten mellan dussin kanaler zappade.

*L*iten katt i egna tankar så belevat,
på soffans vinklade andra sida satt.

*O*rd av trevlig samhörighet,
jag därav till henne ville sprida.

*O*ch därför kommunicera konkret:

"Du allt min bästa vän är i världen vida".

*L*iten katt nog inte riktigt förstod alla ord,
i *hela* dess innebörd.

*I*nte desto mindre upphöjd stod,
och på sitt katthuvud sakta vände.

Sedan på kroppen nobelt ruska,
och utåt av tal likafullt syntes berörd.

Som hon budskapets mening ut ha luska,
och trots allt igen kände.

I ljus stämma jag fortsatte ord förkunna,
ja, nästan i falsett var rösten i tonernas skala.

*H*on på denna gälla stämma grunna,
och resolut på eftertankar ej vidare mala.

> *"Trots allt bäst att sambo genast få fatt,*
> *för att utan prut i sak här närmare*
> *kontrollera.*
>
> *Om vännen skruvats fast i hysteriskt spatt,*
> *eller känsloläge i djup ledsamhet ha fallera."*

*L*iten katt i sakta mak huka redo
och med startklar kropp.

*N*u lomma fram på soffans topp
och på kuddars ovansida opp.

*M*ed vänster tass utsträckt till större vän
– och utan tvekande men.

Liten katt föresatte sig att psykets
välmående diagnosticera.

Därför i kraftigt spjärn mot soffans rygg
tog tag med krumma ben.

Därefter som klister fäst lät sin mjuka päls
på vännens bröst placera.

Sedan i sökande blick med undran och vädjan
titta i vännens öga så stint.

Med kattens kroppsliga röst i ömhetsvilja
ge vän besked och tröst så len:

> *"Du vet väl att för bergfast vänskap*
> *mitt sinne ej är blint".*

Med ovan angenäma ordination för hälsans goda kondition,
vår långa relation fick en ännu mer tilltalande situation.

Recept: dr. Luther Freud Katt, utskrift lämnat akut
i fart *geschwint.*

*

Med vetenskaplig syn vi kan analysera ovan skeende,
och få svar på pockande frågor som ligger för vår hand.

Samtidigt djupare kunskap vi få
om små katters beteende.

Då med djurlära (förnämare etologi)
för att tolka kattens känsla rätt.

Taktil beröring som att gnida och stryka
kroppar tätt..

..bör förstås att stärka och bevara tillitsfulla
sociala band.

Vid strykande katten ävenledes utsöndra
ett kemiskt ämne med sälta.

Vissa lärda djurkännare hävda liten varelse
då markera sin äganderätt.

Titt i varandras ögon – som i mänskligt samspel –
i *etablerad* relation skapar förtroende.

Godkänt hänsynstagande mellan människa och katt
kan med sådant tecken då djupare sammansmälta.

I blink mellan ögon fyra vi bevara förtrolig emotion,
sådan sinnlig gest ger tu-mesallians en bra vibration.

Trygg samvaro skapas mellan varelser i lag,
och liten katt behöver ej i ensamhet svälta.

Krasst summerat i akademisk prosa:
Att med kropp nära, hm.. *nära* livsviktigt beroende.

Eller här uttryckt i annan glosa,
skaldat med skönare poetisk brand:

Att för varandra bekräfta solitära relationer,
inom vårt eget skapade revir och "lilla land".

Och därmed mindre sakna segelvägar otrygga
till förgyllda bastioner..

..och fjärran grönare ägder belägna på annan,
dock ensammare strand.

Garderobsgående katt

I nya hemmet snart jag märkte i trånga utrymmen
Du ville kliva.

*L*iksom hos andra katter sådana skrymslen är attraktiva,
och där inuti få ostörd sömn eller i slummer uppnå vila.

*M*in garderob med filt så mjuk blev Din favoritgömma,
även katter egna rum bör ha för överväldiga intryck sila.

*O*ch i avskildhet uttröttad katthjärna få tömma.

*M*en ej så hemligt stället reddes – och diktarord in kila –
att jag ej visste var *hon* "väntar vid sin mila".

*O*m Du vid dörr ej mig mötte, jag nog förstod
vad liten vän höll hus.

*J*ag därför sökte till hemligstället i sovrummets
väna ljus.

*K*okett förvånad vid upptäckt Du låtsades bli,
när jag Dig från drömmerier förde.

*N*ypurrad på vännens hälsningsfras Du fasta tog,
och lilla huvudet nickade (måhända inte *helt* förtjus).

Och nog – om katter nu kan le – Du försiktigt log,
efter rygg i båge sedan i rummet Dig gracilt rörde.

*

Nästan alltid en stund i samkväm vi vila i säng
efter sysslor på dagen.

Som för liten katt nog mest bestod av middagslur,
på låda gå, få mat i magen...

.. och i fönster titta ut ett slag!

Samt lite klös av soffa, och språng för att
jaktinstinkter bevara än ett tag.

Fastän men ej vet, vad liten vän hitta på
när hon ensam var i sin lisa.

Kanske en gourmetmiddag tillaga
och med grannens hankatt den spisa.

*

Liten katt vad främmande besök
sin feminina blygsel förstärkte.

Letade därför efter skrymslen mer dunkla
för att gäster ej henne märkte.

Där bakom lakan och örngott i ett annat skåp,
en mild ängslan värkte.

Vid upptäckt stunden senare och liten katt sedd,
främmande ofta blev godkända.

Klapp på fin päls trots allt kunde tillåtas,
och smek på huvudet därefter fick hända.

För litet barn så bökigt, det vanskligare
var att deras hälsningssätt riktigt förstå.

Förmodligen hon tänkte hur egen säkerhet
i sådant möte stökigt, då kan kvarstå:

"Om litet barn man ej så noga veta,
vad deras nästa steg skall leta.

Kanske för ung aktör – vad hen nu heta –
liten katt med tung leksak reta.

Sedan måhända pyssling pryl i katts huvud slå!"

Vid alltför intim visit liten katt från hals,
kunde ge varnande fnys:

Om att inte tränga sig på för att längre fram gå,
för att nå närgånget mys.

Men aldrig gå långt som så, att med vassa klor slå
i fäktande armar små.

Nej, ej tillfoga rivmärken på mänsklig liten varelse
även i händelse som då.

*

När katt i garderob vila och hennes
sällskap jag ville få.

Jag hamra med handen fast på bäddens
olivgröna överkast.

Varpå för det mesta liten katt hoppa
i säng i all hast.

Någon gång det längre kunde stunda,
och umgängets tillkomst i tempo brast.

Sålunda på *rendezvous* jag hoppfullt vänta
och ögon blunda.

Så gott som alltid liten vän efter grubblande
minut besluta så:

"Trots allt från invant gömställe
och egen mjuk bädd gå..

.. och söka snarlik ro i gemensam värme,
ack så trygg."

Därför liten katt lämna sitt skåp för att mänsklig
närhet få.

Snart jag snusa med näsa försiktigt tryckt
mot burrig rygg.

I lek och stoj

Enda gång liten katt med vassa klor på sambos hand
tilltyga små sår.

Är när hon vid lekars impuls dessa spetsar i mjuk tass
ej hålla in förmår.

*J*a, vållande skada av utspärrade klor från tafattskoj,
hon ej förstår.

*F*ör det mesta dock hon klokt besinna:

"Bättre fly, än illa fäkta..

.. att tass- och nävkamp vinna,
mot överviktig gubbe jag ej mäkta."

*

I kurragömma bakom kökets gardin,
Du trodde Dig gömt så finurligt.

*M*en glömt dra in långa ludna svansen,
för vän i trevande sök så turligt.

*I*nte annat än vi kan le åt hur liten katts
valhänta försök att skyla sig i utfall får.

I (fel)bedömning av tygets döljande verkan,
här efteråt framstår som alltför lurigt.

*

*O*m vi varandra råkade hårt sammanstöta
av smärre misstag.

68

Liten vän kvicka steg åt sidan tog
och såg så ledsen ut och övergiven.

Undrade nu vilsen: *"vad jag nu gjort för fel,
och hur göra vän igen till lag?"*

I gensvar med rösten öm och len, liten vän förstod,
ingen ville illa och åter blev tillgiven.

*

I råd bör även aktas att i hastig fart,
sätta ner egen bak på böljande tyger.

Utan kulle kolla med hand före start,
så att människas rörelse utförs varligt.

Däruti sådana upphöjningar kan finnas
vilorum, för liten katt i form blyger.

Varpå människotyngd i störtlopp
ovan kattens kropp, kan bli ytterst farligt.

Kontrapunkt i moll

Snart välstämd duo i andra harmonier skulle tala,
och stråkar ljuda i mörkaste moll på noternas skala.

Sista helgen med varandra från garderoben
kom ett lidande tjut.

Ut ljöd en smärta som i stunden upplevd verkade
utan lindrande slut.

Mitt hjärta krossat var...

Sorgsna insikter stod nu fram i fråga så akut,
i bävan och väntan på ödesmätta svar.

Ur dovt inre genljud sjöd ut:

> *Av klingande samspel vi två har,*
> *troligen på notbladet allena få toner*
> *finns kvar.*

Världens minsta katt

Att följande berättelse en fabulerad skröna är
vi snart förstår.

Av detta skäl vi inte förmår,
placera historien till något särskilt år.

En dag två allvarliga – nåväl – herrar
på porten signalera:

För att med redskap och anteckningar
sällsyntheter notera.

Bolaget dessa tvenne män på sin rundresa
så stolt representera:

Var känt för skummande svart öl
som irländska bryggerier producera.

Besökets ändamål Ni bestämt redan
kan konstatera.

Här på uppdrag för Guinness rekordbok
att ovanliga djur registrera.

Ombudsmännen mätte vår lilla katt,
med instrument precisa.

På kattens lekamen utefter väderstreckens
alla fyra håll.

Liten katt sedan sattes på våg för ordentlig rättvisa,
för att på hennes hull och vikt få fullständig kontroll.

En tvinnande sin mustasch och den andra kliade sitt hår
om möjligtvis måtten moderera.

Men nej, minsann i endräkt de konstatera:

".. här måste ändå vara minsta katt
som nu på vår jord existera?"

Efter vidare fundering båda basunera:

"Upptäckt av sensationell art
bör vi likväl än en gång kalibrera!"

Duo av vise män än en gång begrunda vågens pil
och titta i sin lins.

Därefter de fastslå: "inte ens i Södra Afrika mindre katt
finns.."

*

Noterande män av rondör den ena hel och den andra halv
sedan svara:

"Nu för oss bara att Fara till Sahara,
och inte reskassa spara.

För att där söka – i dubbla mening –
flera katter rara".

Nu liten katt ruta har i bok så världsomspännande
spridd.

Dock jag tror hon inte förstår sin storleks ..
.. öh, vikt i hela dess vidd.

I denna skröna med glimten i öga;
det ingen idé är att fantasin ned tona.

Det båtar i sammanhanget föga,
för hona som vi framöver ej bör klona.

Detta om ändamålet är att större storlek
på världens katter få.

Men om innehållet i denna story
Ni säkert ändå tvivlar på.

*

Nöje i ordlek härmed bekräfta,
likväl nu skruvad skröna jag ända vill.

Och som annat radarpar i sketch häfta,
få till ett slut med lakoniskt sigill.

Emellertid förlänga final med liten celeber
katts sällskap därtill:

"Kan man få en kopp kaffe till..

.. och till liten vän, *síl vous plait*
räka och en liten bit sill!"

Intermezzo dacapo i Fantasia

Ibland jag högt fantisera om saker,
vi tillsammans i framtiden bör göra.

Liten vän nog inte riktigt förstod
sådant påhitt som gick in hennes öra.

Som livfulla burlesker dessa fantastiska
fabler ändå låter oss beröra.

I tonfallets *klang*, liten katt och jag,
i vart fall närmare samman föra.

En av dessa drömmar just här vara,
att gemensamt fara till Södra Afrika.

Då kattens större släktingar besöka
(och måhända få lejons fika).

I hett moraliskt ämne jag helt politiskt
inkorrekt skämta:

> "Hur många lejon till trofé från savann
> jag kan hämta?"

Katten låtsades på känslig och intrikat fråga
konfundera:

> "Hm, kanske **en** jag tillåta Du ändå
> kan fälla".

Sedan med allvarligare uppsyn min avsikt
konfrontera:

"Då självfallet endast klick
från kamera här bör gälla!"

*

Ur minne vi ytterligare en fantasi kan utvinna,
dessvärre till London under våren vi ej hann hinna.

För att i denna metropol gatukatten Bob finna,
och i yster dans få se lekfull svans samman tvinna.

Om denna historia haft något av verklighetens sans,
vi för våra ögon hade sett två toppar ihop i all sin glans.

Men kanske Du ändå funnit denna berömda Bob,
nu blivit förvandlad till brittisk aristo(kattisk) snobb.

Förlåt om en katthjälte så sann *in splendid furry robe*,
vi skyldig är att för läsare och lyssnare här påminna.

Då när illvilja i ord får flöda – och lite grann
– avundens *Stänk och flikar* däri får rinna.

Liknande småsinthet låter sig i smälek
skönjas gör som ovanför...

... i *Lelle Karl Johan*s "sturigt och lett"
vresiga humör.

I Frödings dikt från Värmland går hänvisningen
att finna.

*G*ustaf numera känd som textmakare på svensktopp
i full vigör.

*H*ör om en mö *Anita* som under versernas gång
blir till kvinna.

Morgonångestens Räddare i nöden
(Cat)cher) in the Rye)

Å min lille vän, den oroliga nattens mara lindrades,
och uppvaknandets sömndruckna kval mildrades.

Blott med Ditt vara, och att ruva vid bäddens rot:

Vad gjorde besväret att plats hitta för klumpig fot,
och gammelstela ben ut sträcka något hindrades.

Här jag tveklöst säga utan knot:

"Det hade jag ingenting alls emot."

Att känna din närvaro och höra Ditt snusande,
gav ändå visst lugn åt oro inför stundande dagen.

Och framtida vedermödors *i tanken* alltför
uppförstorade rusande.

Åt vän Du uppvaknandets känsla lindrade
om livets otillräcklighet.

Ja, dina pulserande andetag mildrade sinnets
inneboende bräcklighet.

Och kanske banalt, även rutin och ansvar för att skaffa
liten vän något i magen.

Existensens tomma timmar gavs innehåll och dämpande
själens oroliga krusande.

Som Ni redan förstått, och vad dessa rader antytt för oss,
är det liten katt som gånget år livets tråd brutits sig loss.

Min innerliga önskan är, nu när hon – liten katt kallad –
nått tidlös blund.

Att hon i den andra världen i sin kattsjäl finner
en liknande vila:

Som när hon i timmar och krafter yttersta
med grus i spinnande susande..

.. i min armhåla för sista gången ömt sitt huvud
så rofyllt kila.

*

*N*är vi i skymningsland vandra mot vacker,
men vemodig lund.

*J*ag med ärlig saknad säga, med ord
lånade från talhistorisk urkund:

"… att det här var vår finaste stund."

(.. *this is our finest hour,* som Winston
förtäljde i herrskapskubb rund;

i juni 1940 i motståndstal för att rädda mänskligheten
från djup, mörk avgrund).

Avsked

Min avhållne vän i garderoben ännu går att finna,
men nu i en annan existensform som aska.

Att hennes kvarleva för vind strö ut,
har ännu ej förmåtts med ben raska.

Men troligen till denna vår,
ögonblicket nog är mogen..

.. för att låta minnesstund ske till slut.

Då på kinden låta en tår rinna,
för liten fyrbent vän så kär och trogen.

PS.

Ni som av denna minnesteckning tagit del
nog förstår:

Om två varelser av integritet om handlar,
som på rim här står.

Som en allegori av enslig levnad berättelsen
bör fattas.

Om tid tillsammans där en inhägnad värld
något fick mattas.

Kanske liknande lager mig träffat som i Wiehes
Flicka och kråka.

I korsade levnadsbanor själens spegelbild
jag i tankebanor i närhet kom att rådbråka.

*

Den återger vänskap djup under månader 23,
dock mellan skilda arter.

I ordlös handling alstrades anständighet och respekt
hos bägge parter.

*H*os båda kontrahenter växte band av förtrolighet
fram på ålderns höst..

.. *a*tt under livets lövfällningstid behandla varandra
med ömsesidig tröst.

*J*a, katters mytomspunna kraft på människa
låter sig inte förstås utan djuplodande grubbel.

*L*iksom livets gåta i folkkärt diktepos
hos annan gubbe gav svårmodigt trubbel.

I mitt inre vår samvaro en obrukad sträng
i alla fall slog an.

*E*n djupare klang i egna känslovariationer
jag därav fann.

*F*ör en barnsligare sida i mig öppnades en glänta,
emot ett skikt i träda jag förr hämmat att trängta.

*F*rån minnen av tiden ihop jag här har nedskrivit,
tanken mig slagit: *"en fullödigare människa jag blivit."*

*

Sagotant Astrid måhända gåtan delvis löst och funnit,
en Skorpa att vårda vi alla behöver för berika våra liv.

Här svaret delvis givet, men kanhända alltför
omedelbart i sin fulla mening upphunnet:

Inlindad i ömsom omsorg och ömsom självisk
bekräftelse hittas våra motiv.

Utöver allmängiltig truism finns hos kattarten
att beakta ett outgrundligt väsen..

.. att ur deras särpräglade individualism,
en relation vinna av urminnes natur kräsen.

*

Som nedtecknats i mina anekdoter tog
egensinnen trägna elva år att bräcka.

Sedan katt och människa nog tyckte att sådan
armbågsdistans trots allt fick räcka.

Till slut vi båda fann ut att den ensamma strand
vi ej ville vandra.

Hellre ge upp sturska egon för att under sista år
ändå ha varandra.

Att för annan kontinent Dig lämna för Dina
större kusiner beskåda:

under veckor tre av sista halvår i efterhand
nu känns som ett svek.

För Dig, min kattvän i förlupen tid,
som så mycket delat av sin kärlek.

Låt oss trots allt med följande förhoppningar
en ljusare framtid bebåda.

Ring in nya tiden

I köket fortfarande en stengodsbrun skål
ensamt på golvet står kvar:

*K*anske till sommaren en ny kisse en tugga
av kyckling från burk där tar.

*J*a just, innan välkomst ej glömma:
göra ren plastig gammal kattlåda.

*N*u i en förväntansfull syssla för att i hemmet
bereda plats för oss båda.

*O*ck, oj så skoj de skall bli, när jag snabbköpets
djurhylla än en gång passera förbi.

*P*å nytt fundera och välja småburk delikatess,
till ny liten vän och bortskämd *princess.*

*

*M*ellan rader finns mycket mer att försjunka i
av både det ena och det andra.

*F*ör de som bemödat sig uttolka en om vänskap
tillkrånglad text.

*M*en nu skall jag i denna skrift ej längre
i egna tankegångar vandra.

*U*tan bara här säga, att sådana inre strövtåg
nu får stunda *until next.*

I reflektion om relation till katt finns av vikt
mer att ösa ur av psykologiskt grävande.

*M*en för författare alltför existentiellt krävande
att här lämna ut i självbekännande bikt.

*O*m det hänt att mina ord och emotioner
tagits emot sentimentala och ej vara äkta:

*H*ar de för mig vid händelser varit autentiska
och därför bör anses litterärt korrekta.

*A*lla som haft ett husdjur när och kär
vet här finns.

*Ä*ven i uppsluppen lek ett uns av vemod
närvarande.

*E*fter flyende år glädjen dem emellan
människa minns.

*M*en utan lurvig vän oftast ledsam står kvar
allena varande.

*

Nu till slut här ändå sätta punkt
i mitt eget författarbeslut.

När jag ser det Nya Året randa,
och det gamla snart ta slut:

*"Så låt oss ringa in nya tiden,
den gångna är nu, ja, liden.*

*Vad nya året har till handa,
lär vi skåda sent om siden.*

Men först i en ny tidrymd landa."

i I *Gubbe och katt* har Nils Uddenberg kategoriserat detta dominanta mönster för nordiska katter i etikett av *mackarel tabby* – dvs. hämtat från makrillens välkända ryggteckning. Vi får förstå rändernas funktion av kamouflage när katten rör sig i växtlighet och ljus- och färgskiftande miljöer (som hos andra kattdjur).

Minnestecknare och versmakare
har varit Christer Jonsson. 63 år.

Boende i Majorna Göteborg och
fil dr i sociologi.

Kontakt e-post:
chriswejon@yahoo.se